W0369636

© *éditions Alternatives*
5, rue de Pontoise, 75005 Paris – 2001.

La Chambre à dormir dehors

Editions Alternatives

Collection POLLEN
animée par Suzanne Bukiet

Des fleurs d'encre
crachant des pollens en virgule...
Arthur Rimbaud

Autres titres de la collection :

L'amiral des mots
Le passant d'Orphalese
Le maître des signes
Le poète du désert
La femme bleue
La fiancée d'aleph
Le taureau d'argile
Thème et variations
Le tablier bleu
Le grand O
L'exil
Le dit d'amour
La pastèque métèque
Le sage d'Abyssinie
Les jeux de Siva
Quelques heures, quelques hivers...
Le silence de l'étoile
Le chant des cauris
Le sourire de Jules
Jonas ou le refus
À celui qui voyageait loin
Le violon de la paix
Qui peut savoir ce qu'est l'amour ?

COLETTE

LA CHAMBRE À DORMIR DEHORS

Calligraphies
d'Hélène Favier

Textes tirés de deux œuvres de Colette
© Librairie Arthème Fayard
Prisons et Paradis, 1932
et *Pour un herbier*, 1991.

Les coquelicots

Ils éclatent dans le blé, comme une armée de petits soldats ; mais d'un bien plus beau rouge, ils sont inoffensifs.

Leur épée, c'est un épi.

C'est le vent qui les fait courir, et chaque coquelicot s'attarde, quand il veut, au bord du sillon, avec le bleuet, sa payse.

Jules Renard, *Histoires naturelles.*

Première treille muscate

Il a fallu, pour la trouver, que je me détachasse du petit port méditerranéen, des thonniers, des maisons plates peintes, rose bonbon fané, bleu lavande, vert tilleul, des rues où flotte l'odeur du melon éventré, du nougat et des oursins.
Je l'ai trouvée au bord d'une route que craignent les automobiles, et derrière la plus banale grille – mais cette grille, les lauriers-roses l'étouffent, empressés à tendre au passant, entre les barreaux, des bouquets poudrés de poussière provençale, aussi blanche que la farine, plus fine qu'un pollen...
Deux hectares, vigne, orangers, figuiers à fruits verts, figuiers à fruits

noirs – quand j'aurai dit que l'ail, le piment et l'aubergine comblent, entre les ceps, les sillons de la vigne, n'aurai-je pas tout dit ?

Il y a aussi une maison ; mais elle compte moins – petite, basse d'étage – que sa terrasse couverte de glycine, par exemple, ou que le bignonier à flammes rouges, ou bien que les vieux mimosas à gros troncs, qui rangés de la grille au seuil lui font honneur. Derrière la maison... Non, vraiment, je ne vois rien, derrière la maison, qui mérite d'être dépeint.

Derrière la maison, c'est la vigne encore, puis un rempart de faux bambous, flexible muraille provençale contre laquelle le mistral bute, se redresse et chante, courroucé. Les thuyas de la clôture s'inclinent, derrière la maison, sur une barrière à demi pourrie, et si vous ouvrez la

barrière qu'un enfant briserait, vous entrez sans gravir ni descendre une marche, vous entrez de plain-pied dans la mer.

Ici, je suis libre maintenant de vivre, si je veux, de mourir, si je peux... Nous n'en sommes pas là encore. Je ne fais que d'arriver et d'acquérir. La treille muscate, qui couvre de son ombre et de ses sarments le puits, n'a pas gonflé, pour moi, ses grains dont la panse tendue reflète en bleu le jour. La "treille muscate" que j'ai achetée, n'est pas encore mienne.
J'y dois porter une main scrupuleuse et économe. Une "treille muscate" ne s'aménage pas en une saison, à grand renfort de baignoire stucquée, de torchis safran et de poteries rustiques. Je courrai au plus urgent, c'est-à-dire au jardin puis à la chambre – si j'ose écrire – la chambre à coucher dehors.

Le jardin, le jardin ; vite le jardin ! mais il n'y a pas de "jardin", remercions le hasard : il y a les grands plumages jaunes qui balaient l'azur, les mimosas d'où pleut le pollen avec le parfum ; n'y touchons pas, sinon pour un pillage raisonné. Les gobéas sont déjà à leur place, qu'a décidée la tradition, contre le mur chaud de la façade. Respectons l'auvent de clayonnage, ployant en son milieu, respectons le vieil *olea fragrans*...

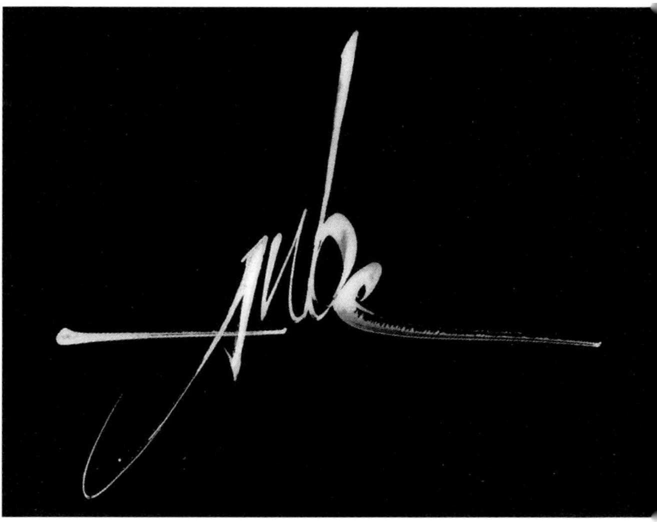

Mais, entre les vieux mimosas, de part et d'autre de l'allée, deux murs bas, faits de briques ajourées, retiennent les ceps, rétrécissent le chemin... Au diable les murs de briques ! Et la sagesse de ces pampres ! Tu mérites, vigne, des arceaux de fer léger, tu vaux bien que je plante çà et là des supports capricieux, des potences où te pendre, des ombrelles où t'épanouir, puis retomber... Vigne, tu t'élanceras dans le ciel, tu respireras la brise qui parfois ne frôle pas la terre, l'envers rude de tes feuilles goûtera la buée torride que l'été pompe à même l'humus, et de tes rejets ligneux, vigne, je me fais des arbres !

Déjà le lyrisme, déjà le délire ? Les bords méditerranéens ont saoûlé plus d'une tête solide. Il passe, sur la pinède proche de la "treille muscate", un vent chargé de résines,

et les labiées de la côte distillent le camphre, l'esprit de lavande et de mélisse. Mon jardin n'en sera pas moins sage, sous sa vigne devenue aérienne. La tomate, attachée sur des palis, brillera de mille pommes, dès juin empourprées, et voyez combien pommes d'amour, aubergines violettes et piments jaunes vont enrichir, groupés en un massif bombé à l'ancienne mode, mon enclos bourgeois... Sage, jardin, sage ! N'oublie pas que tu vas me nourrir. Je te veux paré, mais de grâces potagères. Je te veux fleuri, mais non de ces tendres fleurs qu'un jour d'été crépitant de criquets calcine. Je te veux vert, mais foin des verdures inexorables, palmes et cactus, désolation de la fausse Afrique monégasque ! Que l'arbouse s'allume à côté de l'orange, et soit le brandon de ce feu violet en nappe sur mes murailles : le bougainvilla. Et qu'à leurs pieds la menthe, l'estragon et la sauge se dressent, hauts assez pour que la main pendante, en cassant leurs ramilles, délivre des parfums impatients. Estragon, sauge, menthe, sarriette, pimprenelle qui ouvres à midi tes fleurs roses, fermées trois heures plus tard, je vous aime certes pour vous-mêmes – mais je ne manque pas de vous requérir pour la salade, le gigot bouilli, la sauce relevée ; je vous exploite. Je garderai, là-bas, tout ce que j'ai de botanique amour désintéressé pour elle, – Elle, honneur de tous les climats favorisés, – Elle, – la Rose.

Ne me demandez pas où je planterai le rosier blanc qu'un coup de vent défait, le rosier jaune qui sent le cigare fin, le rosier rose qui sent la rose, le rosier rouge qui meurt sans cesser d'encenser et dont le sec et léger cadavre prodigue encore ses baumes. Celui-ci, je ne le crucifierai pas contre un mur ; je ne le lierai pas à la margelle de la citerne. Il croîtra, si son meilleur destin le veut, tout près de la chambre à dormir dehors,

la chambre qui n'aura que trois murs au lieu de quatre et qui sera tournée vers le levant. Je ne jurerais pas qu'une chambre portera un plafond, sinon de roseaux tressés. L'été der-

nier, je me passais même de clayonnage. Combien sont-ils, parmi les amants de la nature, à l'aimer assez pour passer la nuit sur son sein, par amour, uniquement par amour ?

sera plus provençal...” Il ajouta encore : “Moi, je n’ai de goût qu’à faire bien provençal...”

Qu’il est facile d’abdiquer, dans ce pays... Ne me plaignez pas : mon jardin est charmant. Folle, qui rêvais de roses désordonnées ! Pourquoi pas un parc anglais ? Je me souviens de mes projets comme de lourdes fautes de savoir-vivre... L’intrus, qui déshonore ce pays, ne s’impose pas à lui. C’est une terre très vieille, mais rude, et qui a rendu l’autochtone circonspect. Il ne lui demande pas plus qu'elle ne veut donner. Il abandonne, aux inconstances d'un climat dont il n'a pas fini de s'étonner, la roche empanachée de vent et de pins, la pierraille vouée au ciste, la colline qui ne nourrit que l'herbe et l'arbuste amers, absinthe, cactus, myrtes et lentisques. Et ayant fait, à la lettre, la part du feu, l'homme dresse des palis, plante les cyprès en murailles, les faux bambous en lances, et aménage ses enclos épanouis et peureux. La gelée les mordille plus d'une fois par hiver, l'été souvent les exténue, si on leur mesure l'eau...

L'esprit, frisé comme un cyprès, m'enseigna comment, au mépris de toute chimère, on dessine un jardin "bien provençal". Quelques sursauts d'indépendance m'agitèrent, deux années durant : je demandais encore le pourquoi des choses.

– Mais, ça a l'air d'un gril à côtelettes ce jardin ! Pourquoi ne faites-vous

que deux plates-bandes parallèles ? Avec une patience irréductible, l'esprit condescendant secouait son chef crépu d'où pleuvaient des semences de millet sauvage, des pétales d'anémone, des prétérits sans nombre et des imparfaits du subjonctif, reliquats d'un beau-parler ancien :

– Eh ! le puis-je autrement ? Je souhaiterais que nous eussions facile de chainger le sens. Déjà l'an passé, vous me fîtes planter les balisiers de contre-manière, et lé mois d'outte n'en laissa rien. Voyez-le vous-même, comment il vous faut planter... Qui nous le commande, le sens ?

Son bras désignait le soleil et, s'abaissant, suivait dans le ciel un chemin immuable, de l'est à l'ouest. En rechignant, je comptais les futurs parterres maraîchers serrés l'un contre l'autre...

– Alors, c'est ça, un jardin bien provençal ?

– C'est ça, et ce n'est pas ça, répondit l'esprit au beau langage. Mais le voilà bien parti. Donnez-vous patience…
La moitié d'une vie peut s'écouler avant qu'un arbre projette sur la terre l'ombre ovale et tournante de sa tête parfaite... Je n'ai plus le temps d'attendre.
Si je plante encore le figuier, c'est par tradition, par révérence païenne envers un sol qui toujours porta le figuier. Il me faut tendre vers ce qui se hâte, s'étire vers le jour, s'enfle d'eau et de soleil, se congestionne de bourgeons, explose en corymbes et en rosaces. Renoncer à l'arbre dont on ente le sauvageon, renoncer à l'ombrage quand on soigne la pépinière, ce n'est peut-être pas la forme la moins amère, ni la moins sage, de la résignation...

Parti, à petit train, en 1926, le jardin provençal est en route. J'ai plaisir à penser qu'il n'arrivera jamais à une perfection figée d'ambitieuse mosaïque. Tout l'en empêche, et moi la première ; il compte avec les essais malheureux, les graines trop vieilles, le mistral, les gelées. Le grand hiver de 1928-29 a vu la ruine et la mort des très vieux mimosas, gloire de la courte avenue. Leurs beaux troncs de monstres satinés ont éclaté comme au feu. Le peu d'eucalyptus qui chargeait les nuits d'une odeur de matou et d'embrocation a péri de gel, une hache de glace a ouvert, au cœur des vieux mûriers, des failles mortelles... Malignité, vicissitudes ne font pas que je ne comprenne, à travers tant d'amour empêché, ce qu'est un jardin "bien provençal". A ne vous rien cacher, c'est un jardin qui ressemble à tous les humbles jardins que j'ai connus et formés, en provinces françaises. Qu'allais-je imaginer ? L'aïl est au long de l'espalier, et le piment

herbe

près du rosier qu'on taille bas pour qu'il résiste au vent. L'aubergine et la tomate voisinent traditionnellement. Je fréquente tout cela depuis l'enfance. Fallait-il venir de si loin pour retrouver ce que je quitte ?

J'interroge l'esprit coiffé d'un noir persil capillaire.

Il ne répond guère que d'un geste de bras, ce bras qui trace sur le ciel la course du soleil. Il montre cet enclos qui ressemble si fort aux petites exploitations horticoles de Grasse. Il atteste qu'au premier plan l'œillet d'Inde, peint aux couleurs des ravenelles sauvages et des abeilles, endigue une frange penchante de pétunias violets, frappés chacun d'une étoile blanche. Au-dessus des pétunias flambent quelques balisiers, dont la fleur égale en beauté, en mollesse charnue, les langues fiévreuses des orchidées. C'est à l'étage plus haut que commence le domaine

du zinnia. Depuis quelques années, le zinnia est grand comme une soucoupe, comme un coussin, comme le tapis de pied rond que brodaient nos grand-mères. Sauf le bleu, il accède à toutes les nuances, et chez moi le rouge pur, un rose chinois, un autre rose safrané dominent.

Mille zinnias, et encore mille, infatigables, tous célébrant la gloire de la fleur parfaitement ronde ! Encore un faible remblai, derrière les trois premiers, et rigoureusement parallèle : c'est l'étroit empire des grandes amarantes en épis, queues pourpres de cavales que la brise balance...

Enfin, tout en haut, buvant le soleil, formés de son image, règnent les tournesols à larges faces, dont le cœur est un gâteau de miel noir. La fleur incomparable, le volubilis d'azur, est à leur col inflexible un

ruisseau suspendu, que noircit le passage du nuage, que le retour du rayon épand et bleuit...

De juin à octobre, j'ai sous les yeux ce banc naïf et compact de fleurs.

Solitude
Solitude

Aucune n'est rare. Mais un ciel privilégié descend jusqu'à elles... Autour des zinnias et des géraniums rouges vibre un insaisissable halo violet. Le jeune œillet d'Inde, en affrontant le ciel, la mer et le volubilis, s'exalte. Un lys des sables, carné, à pulpe épaisse, crève la terre chaque matin, hisse aussi haut, aussi vite qu'il peut ses calices rigides, son pesant parfum de pêche contuse...

Ô lumière ! Le mur, au voisinage de tant de feux, rougit comme une joue. Je sais maintenant ce qu'est le jardin provençal : c'est le jardin qui n'a besoin, pour surpasser tous les autres, que de fleurir en Provence.

La Rose

Elle n'est pas la première de la saison, il s'en faut. Avant elle, notre climat frileux suscite la violette, la primevère de Pâques, les narcisses, la potentille à fleurs de fraisiers, l'hépatique, l'iris jaune du bord des eaux… Sommes-nous des énergumènes, ou le tropique, ou la folle Provence, pour espérer qu'éclora chez nous, dès janvier, la rose ?

Mais je nous vois assez enivrés d'elle pour que je consente à son nom l'initiale majuscule ; d'autant plus que la dernière guerre l'a mise à prix d'or, ni plus ni moins que le foie de veau et l'ananas. "Combien cette rose ?" demandait avec timidité une dame, passant de la tête le seuil du fleuriste. Avant qu'on ne lui donnât la réponse, elle mit ses mains sur ses oreilles : “Non ! ne me le dites pas !” et s’éloigna précipitamment. C’est que le magasin resplendissait de ces roses qui ont une lèvre, une joue, un sein, un nombril, une chair givrée d’un gel indicible, qui voyagent en avion, se dressent au bout d’une tige méprisante, sentent la pêche, le thé et même la rose… Des roses inaccessibles. Rose, où se satisfont tes anciens amants ? Comme tous les amants vieillis ou détrônés, ils se contentent de te chanter. Ils te contemplent, à travers la vitre. Ils soupirent, ils savent te détailler avec convoitise, parler de ta forme, du rigoureux enroulement qu’exige ton hybridité. Je pense que comme moi ils regrettent le temps béni de tes imperfections. Nous t’achetions telle que Dieu t’avait faite, un peu mordue ici, un peu roussie là, et c’était à nous de te parer, à moins

que nous te préférions roussie et mordue, un cétoine d'or caché dans la conque de ton oreille. Tu avais trop de feuilles, des boutons comme des radis, un petit escargot au long de ta tige, et autant d'épines qu'une pucelle farouche. Maintenant le fleuriste t'épuce et t'épile à la pince, et t'arrache tes coccinelles et tes fourmis, outre deux ou trois rangs extérieurs de pétales.

Belle sans tache ni tare, je t'aime mieux à Bagatelle, ou à L'Haÿ. J'irai te voir un de ces jours de juin, chauds, frais, où par tourbillons le vent te pille, et nous fait croire que tu sais encore te prodiguer. Là je lirai inutilement tes noms, que Dieu merci j'oublie incontinent. Qu'ai-je à faire de ton état civil, émaillé des noms de tels vieux généraux, tels grands industriels et autres Madame Robinet ? Passe pour le Président Herriot, parce qu'il a la dégaine – et la compétence – du bon jardinier. Mais ma religion te baptise mieux, Rose, toi que j'appelle en secret Pêché pourpre, Abricotine, Neige, Fée, Beauté noire, toi qui soutiens glorieusement l'hommage d'un nom bien païen : la Cuisse-de-nymphe-émue !

Au-dessous de ma fenêtre, entre les flaques d'eau, les pigeons baigneurs, les gazons coiffés à la Bressant, les althaeas taillés en pelotes et les balisiers, nous avons des rosiers âgés et florifères, ils ne sont morts ni des guerres, ni des gelées. Ils n'ont jamais manqué de fleurir, de refleurir, et de fleurir encore une fois avant novembre. Ils désarment même les enfants du premier arrondissement,

bien connus pour leur férocité. L'un des arbustes porte, de par une singularité de greffage, des roses mi-partie rouges. Double et redoublé, un autre rosier soufre accable son tuteur d'une richesse… Une richesse… Comment vous dire… Ces roses du Palais Royal, ces vieux rosiers prodigieux, par quels mots dépêcher, jusqu'au Parc genevois des Eaux-Vives que j'ai contemplé dans sa gloire, un message, une description qui rende jalouse la roseraie suisse ? Roses sur tiges, le bouton clos comme un œuf, puis inopinément ouvertes, roses qu'éveille au centre de Paris l'arc-en-ciel prisonnier du jet d'eau, je cherche à quoi vous comparer, en quel éden cueillir les fleurs qui vous vaillent… je crois que j'ai trouvé. Vous êtes presque aussi belles que les roses torrentielles qui comblent un tout petit enclos de garde-barrière, couvrent une maisonnette de jardinier, treillagent le mur de la rustique auberge, ici, là, ailleurs, partout où elles montrent ce que peuvent, pour notre émerveillement, la rencontre de juin, du hasard, du beau temps, la solitude d'une jeune fille, la main d'un vieil homme rêveur et son bienveillant sécateur…

Pivoine

PIVOINES

LES voilà, elles sont arrivées, les pivoines de qui vous dites qu'elles sentent la rose, annonciatrices des premières roses. Donnez beaucoup d'eau à ces fastueuses corolles, auxquelles demeure en effet quelque chose de la rose, quelque chose mais non pas son parfum.

Rouge grenat, rose gai, rose sentimental, trois ou quatre autres carmins, elle ont les couleurs de la belle santé, et me réjouiront pendant une semaine. Et puis elles laisseront tomber, toutes à la fois, leur brasier de pétales, avec un soupir de fleurs qui imite le brusque trépas de la rose. Son trépas, mais non son parfum. Car la pivoine ne sent pas la rose, et ce n'est pas moi qui le lui reprocherai. La pivoine sent la pivoine. Ne pouvez-vous me croire sur parole, au lieu de chercher toujours des comparaisons, prêter au beurre fin le goût de la noisette, à l'ananas celui de la fraise blanche, et à la fraise blanche l'apéritive et douce saveur de la fourmi écrasée.

La pivoine sent la pivoine, c'est-à-dire le hanneton. Par le truchement d'une fétidité délicate, elle a le privilège de nous mettre en rapport avec le véritable printemps, porteur d'odeurs suspectes dont la somme est propre à nous enchanter. Le lilas avant sa fleur, quand il n'est encore que petites feuilles en as de pique et promesses minuscules de thyrses, le lilas sent discrètement le scarabée, jusqu'au moment où épanoui, écumant, blanc, mauve, bleu, pourpre, il entasse dans les trains de banlieue, le métro et les poussettes d'enfants son

toxique arôme d'acide prussique. Alors je regrette le parfum du lilas avant sa fleur, le parfum de sa tendre feuille encore brune, sans exhalaison fugace, un peu agréable, un peu répugnante, d'élytre métallique. Alors au nom du printemps que j'outrage, vous cessez de m'aimer et refusez de me comprendre. Alors je me retire au fond de mes antres modestes, au long des routes que brodent par exemple le géranium sauvage dit herbe-à-Robert, sa fleurette insignifiante, sa graine en bec de grue. S'il vous arrive de le frôler par mégarde, vous essuyez sur vos doigts une fragrance piquante, trop vive pour qu'elle vous agrée. Je froisse exprès, moi, la tige et la feuille purpurines, qui me donnent à rêver – ainsi rêvait, sur les messages mystérieux du cuir fraîchement tanné, une de mes chattes ; elle flairait puis s'écartait. Elle revenait, et tergiversait en battant de la queue, et le manège prenait fin dans une série de petites nausées, réprimées pudiquement. Je ne vais pas si loin avec l'herbe-à-Robert. Je pourrais nommer d'autres plantes que la plupart d'entre vous repoussent, tandis

que, de l'ongle je les fends, et flaire le sang blanc de l'euphorbe, le jus teinté d'ocre de la chélidoine dite herbe-à-sein – par corruption “clair bassin”.

La râpeuse senteur qui s'élève d'une herbe un peu maudite, un peu médicinale partant un peu vénéneuse, je la préfère au sureau fade, même au troène si chargé de douceur qu'en sa pleine floraison, il nous tient en respect dans les sentiers cancalais. L'écorce du merisier noir, vous la honnissez ? Je la trouve, ma foi, plaisante. Mais combien de parfums embouteillés me déçoivent ! En revanche la ruée sauvage qui monte, l'été, des chlorophylles déchirées par l'orage, l'iode délivré à chaque marée basse, la bouffée éructée par le potager qui ne se contient plus, par le tas de déchets où fermentent ensemble le marc de cassis, le fenouil arraché et de vieux bulbes de dahlias, quel encens pour mon olfactif indépendant et capricieux…

Que voulais-je donc vous dire ? Que la pivoine embaume ; non la pivoine, ni la rose, mais le hanneton ? Que le lilas, s'il avoisine de trop près notre chambre à dormir, est un amant grossièrement cyanhydrique ? Que la tanaisie, “la malodorante tanaisie” comme disent les botanistes, et l'achillée, me remettent du cœur, qu'au contraire l'héliotrope, sa vanille à vomir, son demi-deuil mauve m'incommodent ? Mon Dieu, il n'y fallait pas tant de lignes et de mots, et voilà qui est fait.

MUGUET

PLUS qu'une coquetterie, mieux qu'une superstition, presqu'une religion, le muguet se fête le 1er mai. Son culte porte à l'effervescence la population d'une capitale, s'éteint au-delà de sa banlieue. Plus loin, la province respire avec calme le parfum acidulé de la petite fleur que le Midi ignore : "Qu'ès aco, muguet ?" s'enquérait la gardienne de ma parcelle provençale, à Saint-Tropez.

Mais venez voir, le premier jour de Mai, les rues de Paris, l'assaut des fleuristes, le "brin" à vingt francs, la botte à mille francs, voyez les boutonnières des hommes, les ceintures fleuries des femmes, innombrables témoignages d'une croyance au "porte-bonheur" ! Mais fréquentez le marché au muguet, qui avoisine à Rambouillet la résidence présidentielle. Sur des tréteaux le muguet écume et déborde, bottelé dru. Sa longue et verte feuille, il la porte en couronne, selon l'usage contre lequel personne ne songe à s'élever.

– Et si vous mettiez les feuilles au milieu et les fleurs autour, pour changer, proposai-je à une marchande.

Elle me toisa comme si j'eusse renoncé à la saine raison, puis haussa les épaules.

– Ben merci ! J'en vendrais pas une, dit-elle.

Une fois, je vis des jouvencelles qui se glissaient, paniers au bras, dans le parc de Rambouillet, avec précaution et prestesse.

– On va chez Albert lui chiper son muguet ! me cria l'une d'entre elles.

– Et si on vous surprend ? C'est gardé !

– Pensez-vous ! On est d'accord avec les gardes. Ils ne peuvent pas voir le muguet, parce que les graines font crever les jeunes des faisans !

Une vieille chasseresse de tous les produits de la forêt, jacinthes, fraises sauvages, noisettes, digitales, mûres, partait “au muguet” avant le jour, dépassait les étangs de Hollande et leurs alentours trop battus, et entendait n'être pas suivie. Elle rentrait à l'heure où la verte forêt devient bleue. Son long pas de femme âgée et robuste balançait autour d'elle les bottes de muguet pendues, tête en bas, vingt, trente, cinquante bottes, chacune au bout d'un lasso de ficelle comme un gibier braconné. Elle s'allégeait en les vendant sur son chemin, et je ne manquais pas de m'approvisionner auprès de cette dryade de blanc chevelue, de blanc fleurie, embaumée, majestueuse et qui ressemblait à Louis XIV, en plus agreste. J'aimais moins les fins de semaine, la forêt assiégée par Paris, les camions automobiles dont la cargaison, pains chauds, pâtés de porc, fromages, bouteillons de vin rouge et de café à l'aller, était toute, au retour, pur muguet sanglé, cueilli trop tôt et verdâtre comme choux-fleurs. Je craignais pour les poules faisanes couveuses, terrifiées dans leur nid de fougère sèche, héroïques et qui se laissaient prendre à la main plutôt que d'abandonner leur progéniture à peine emplumée… Ô douce petite faisane immobile, chaude sous mes doigts qui l'avaient par hasard rencontrée… Je retirai ma main, je sifflai très bas ma chienne qui, à quelques pas de là, commençait à flairer l'odeur des plumes, et pour l'éloigner, je lui promis un lézard, une musaraigne, une taupe, tous

gibiers dont elle connaissait les noms – je ne lui avais pas appris celui de la faisane…

Nous revenions au jour tombant par Saint-Léger, par les Mesnuls, par Montfort-l'Amaury, par Neauphle. Jusqu'à Versailles des enfants jalonnaient la route, brandissant à pleins poings la botte de muguet, la jacinthe, l'anémone Sylvie, les sceaux-de-Salomon, la sauge bleue, le lierre terrestre, la véronique qui perd ses yeux d'azur dès qu'on la cueille, la ravenelle jaune arrachée au vieux mur, et l'ornithogale, dite dame d'onze heures qui se referme si un nuage passe sur le soleil…

Mais nous ne nous arrêtions plus, et la voiture emportait avec nous le parfum de la fleur altérée et fourbue, la somme de plaisir un peu excédé et de fatigue qui récompense, en Mai, une journée vouée à la forêt encore tendre et à la fleur du muguet.

MÉDICINALES

CELA a commencé, pour moi, par une envie botanique de m'instruire au contact de mon frère, l'aîné, qui tôt promis à une carrière de médecin, aimait la plante au-dessus de l'homme, et l'animal mieux que toutes les plantes. Quand je sortais avec lui dans la campagne, je me mis à croire que j'herborisais. Mais je ne goûtais que la liberté, merveilleux apanage des enfants de Sido.

Autrefois, l'équipe sanitaire de mon pays natal se composait du docteur Pomié, tout argenté d'âge et tremblant comme le givre, et d'un petit lot de rebouteux modestes, "barreurs" et sages-femmes – de celles-ci ma mère parlait sur le ton de la vitupération et du mystère... La figure des plantes, une nomenclature bourrée d'erreurs agréables me suffisaient, ne me suffisent-elles pas encore ? Un village, autrefois, ne chômait jamais de cueilleuses de simples.

“Autant de dangers de mort !” disait Sido. Mais en cachette je les suivais aux bois. Elles parlaient peu et sentaient bon. Sur leurs pas s'obstinait l'odeur de la coupable armoise, de la menthe des marais. C'étaient d'orgueilleuses vieilles femmes, qui tenaient à leur prestige. Elles s'asseyaient rarement, se reposaient debout en tricotant, l'extrémité de la quatrième aiguille d'acier fichée dans les circonvolutions d'un gros noyau de pêche, pendu sur leur ventre au bout d'un cordon, un noyau ancien, transmis de mères en filles et tout poli par l'usage...

Une seule brodait, et mieux qu'on ne peut le dire. De ses yeux aveuglés par les bésicles, de ses mains bouillies dans les lessives et les tisanes, naissaient les mouchoirs des châtelaines ramagés d'initiales, les robes de baptême des nourrissons choyés, les voiles à rinceaux et à médaillons, et des chemises nuptiales si roidies de plumetis et de point turc qu'elles auraient pu se tenir debout, vides de mariée, devant l'époux...

Le temps a détruit les œuvres de la brodeuse herborisante à qui personne ne connaissait d'autre nom que la Varenne. Nous avons gardé de longues années, ma mère et moi, quelques cols brodés, des mouchoirs dans lesquels il ne fut pas question de se moucher. Conservés comme par miracle, ils se dissipèrent de même. La Varenne ressemblait trait pour trait, en plus vultueux, à la

sorcière qui, dans Perrault illustré par Gustave Doré, creuse au couteau la citrouille-carrosse de Cendrillon.

Une telle ressemblance n'ajoutait pas peu aux charmes et aux crédits divers de la brodeuse. Si je l'interrogeais, je n'avais pas à craindre que la Varenne hésitât. Elle proférait un nom – que dis-je ? – deux, dix noms, qu'elle commentait :

– Ça guérit les verrues... Ça tue les chiens... C'est l'herbe-à-serpent, là où tu la vois, tu vois un serpent auprès. La petite feuille poilue, c'est la queue-de-souris.
– Pourquoi ?
– Il n'y a pas de pourquoi, c'est la queue-de-souris. Là, c'est une pulmonaire, pour le poumon.
D'une petite baie rougeotte, elle m'enseignait :
– Tu peux la manger, c'est l'épinevinette, tu peux la mettre en confiture. Mais tu ne peux pas la planter vers le blé.
– Pourquoi ?
– Défendu par le gouvernement[1]. Elle gâte le blé. Ça, c'est la grande console[2]. Tout pareil que l'épinard. La petite cerise, c'est de la morelle.
– C'est bon ?
– Oui, pour vomir.
– Alors ce n'est pas bon ?
– Si, c'est bon pour vomir. Quoi

c'est-y que tu as ? Tu t'as piquée ? C'est bien fait. Allez, va, marche, bouge pas, je vas te le plumer, ton pet-d'âne.

Elle ouvrait son couteau, protégeait sa main nue d'une mitaine en poulangis, et dépouillait de ses piquants un de ces imposants chardons à candélabres violets, frères sauvages, et bien armés, de l'artichaut. Je l'ai bien souvent mangée, cette haute Onoporde, je mange encore son fond, à la croque-au-sel ou en vinaigrette.

Je n'ai guère distingué mon désir de m'instruire, à l'époque de l'enfance,

de cette faim qui mène, comme le chat au chiendent, l'enfant à la groseille poilue, à l'oseille sauvage, à la pimprenelle. L'enfant en sait beaucoup moins là-dessus que l'animal, principalement que le carnivore, imbu d'hygiène végétarienne. Ma dernière bouledogue, à Saint-Tropez, cueillait des remèdes comme au hasard, dans un besoin de vomir tel qu'elle n'arrivait pas à le satisfaire assez vite. Une fois, elle mangea d'abord le chiendent réglementaire, saliva, brouta un jeune abricotier sauvage qu'elle dépouilla entièrement de son feuillage, puis tituba égarée, avant de consommer un beau zinnia duquel elle laissa la fleur, enfin se délivra de sa bile, que le climat méridional agitait. Pour les zinnias, j'ai pu constater qu'elle en faisait une habitude.

Marguerite Moreno nous conte, dans un volume de ses Souvenirs,

comment l'intelligent directeur d'un zoo argentin portait, à ses grands fauves, le chiendent dépuratif. Sur le chapitre des purgatifs, la Varenne ne tarissait pas. Et les diurétiques avaient un large emploi.

Qu'importaient les entorses du langage ! La Varenne disait santonille pour santonine, et clair-bassin pour herbe-à-seins (la chélidoine). Mais ses erreurs n'entamaient pas la conviction des fidèles. Elle ne pouvait parler de l'"aiguille-du-berger", modeste ombellifère, sans affecter une étrange grivoiserie, qui redoublait lorsque le hasard la mettait en présence d'une autre médiocre herbacée, la bourse-au-pasteur. J'ai vu, beaucoup plus tard, qu'on n'écarte pas aisément, du libertinage par allusions, les femmes qui n'ont plus rien à démêler avec l'amour.

Sans confondre les espèces, la Varenne bousculait les appellations.

De celles qu'elle accommodait à sa phonétique personnelle, quelques-unes me restent. L'amaurose, jadis soignée dangereusement à l'aide de la vénéneuse anémone pulsatille, devenait l'"amoureuse", et le vieux narcotique passait aphrodisiaque, à tous risques. Peu soucieuse qu'une lettre de Boileau à Racine prônât l'emploi du vélard officinal, dit "herbe-aux-chantres", contre l'extinction de voix, notre Varenne le nommait "herbe-aux-chancres" et l'administrait... selon sa piquante erreur.

La pharmacopée clandestine, à court de science, ne se gêne pas pour improviser.

Que d'"herbe-aux-sorcières", que d'"herbe-à-faire-les-garçons"... Allez-y voir : dans mon pays natal, vous trouverez encore plus de "géramiones" que de géraniums.

La violette, en fin de saison, pâlit: elle est dite alors "violette-de-chien".

Veinée de mauve sur fond presque blanc, inodore, petite, échassière, personne ne s'intéresse à elle, nous sommes déjà loin de la vraie violette bleue qui couvre, dès février, les berges orientées à l'ouest et au sud.

On la cueille sans tige, puis on l'épand sur des feuilles de papier blanc dans l'ombre du grenier. Elles emplissaient ma maison natale d'un parfum qui, disait Sido, "commençait bien et finissait mal", avant que de soigner nos rhumes d'automne. Si je n'ai jamais connu de demeure villageoise qui se passât de sécher des simples, je n'ai jamais vu ma mère en faire usage. C'est d'elle que j'ai appris à professer que la violette sauvage, infusée, n'a goût que de fade verdure, que le tilleul... Eh ! Mon Dieu, respirez le tilleul quand il est un volcan d'abeilles, un buisson de fleurs rousses, le rival de l'oranger, l'insidieux amant, le pollen en pluie d'or, n'est-ce pas assez ? Et bouilli il lui incombe encore de guérir vos fièvres ? Ecrivez son nom sur l'étiquette des petits casiers carrés, qui portent sur le ventre un bouton rond : "violette, tilleul, verveine, menthe, mélilot, feuille d'oranger", et n'oubliez pas le tussilage ! Celui-ci, je ne sais plus bien sur quels maux s'étend, tutélaire, sa petite patte jaune et pelucheuse. Mais il a un si joli nom ! J'ai oublié aussi l'emploi, révérence parler, de la verge-du-diable, et d'une plante qui se vantait d'être "la sagesse-des-chirurgiens" je n'ai retenu que le nom.

– A quoi ça sert ? demandais-je.

La Varenne se grattait la tête sous son mouchoir noué, du bout de sa quatrième aiguille ; et répondait, dardant le feu de ses bésicles sur les bois lointains, receleurs de panacées imaginaires et de sèves réputées mortelles :

– A rien.

Aujourd'hui, la défunte Varenne n'a pas perdu tout son pouvoir. Ses simples ont seulement rétréci leur zone d'influence. Foin de la purge, de la colique d'avortement, du trouble-sommeil, de l'herbe-qui-défait-l'amour! Mais on voit que je leur demande encore de quoi rêver.

1 Exact, paraît-il.

2 Pour consoude, je pense.